叶辛中篇小说选

典 藏 版

两个感情冒险者的命运

—— 叶 辛 著 ——

中国出版集团 东方出版中心

两个感情冒险者的命运

省电台在播送一条简短的百字新闻：整个黔南都在下雪，省城通往黔南各县的长途客车，由于冰雪覆盖了公路，通通都停开。已经买了车票的同志，请凭车票办理退票手续，道路何时畅通，请等候通知……

我被困在雁河场区政府的招待所里，整天守着炭盆烤火，无聊极了。床上的被子脏而潮，那条枕巾简直同抹桌布一样。想找服务员来换吧，连个人影子都找不到。幸好区政府有个食堂，每天我还能搭伙吃上三顿饭。可吃过饭我就无事可做了，下乡来的时候，为图轻便，我没带大衣，脚上只有这双半新旧的牛皮鞋，出去打个转转，恐怕半天也不成。

我只好缩在屋里，守着炭盆。提包里没揣稿纸，无法趁这空闲写点东西。总算还带了个采访本，不时地可把纷乱的思绪写下来，聊以自慰。

可这毕竟不是消磨时间的办法啊。我真盼有个人来聊聊，没人来，哪怕找得到一本书也好，厚厚的长篇小说，倒是可以消磨个两天两夜。吃饭的时候，我打听了一下，这个曾被评为文明乡镇的区政府所在地，没有新华书店，连个图书销售点也没有。

白天还容易打发些，到了晚上，那可真是活受罪。招待所楼上楼下的灯全关了，整幢楼房幽静得令人可怖。想早点睡吧，一见那肮脏的、潮得发腻的被窝，我就厌恶得想呕吐。而那电灯泡，虽是二十五支光的，可它发出的光，至多只有五支光，浑浊晦暗。

这已经是第二个难熬的夜晚了，大雪还在密匝匝地往下飘洒，一点也没停的意思。雪花扑满了窗户的玻璃，结起了白茫茫的冰凌。

表上的指针仅是八点十分，我的感觉却像是深更半夜一般。我已经不止一次地懊悔这回下乡了，为啥偏偏选在这大雪封山的几天里下来呢，早几天晚几天一点都不会碍事。况且，说老实话，这次下来，我并没啥实在的收获，一看我的身份，区、县政府的秘书就给我介绍起情况来，这些秘书似乎什么都知道，什么问题都能够答，等我回过头来静心一寻

3

思,却找不到任何打动我心灵的东西。我怀疑这样的走马观花,究竟对自己的创作有点什么益处?

是我的耳朵过于敏感了吗? 我听到招待所楼梯上响起了脚步声,而且这脚步声沿着走廊,响到我的门前来了。

"笃笃笃!"门上有礼貌地叩击了三下。

我兴奋起来,总算有个伴了:"请进!"

门被推开了,随着一股寒意扑进屋来,我看到一个年龄与自己相仿的男子,一步踅了进来。

他头上戴一顶海富绒的帽子,帽耳放下来遮盖着耳朵,身上穿一件雪花呢大衣,神态举止和衣着,一点也不像个乡政府的干部。我看他摘下帽子拍打着帽顶、双肩的雪花时,感到他十足像城里人。

那么说,他也和我一样,是被大雪困在这里的,来住宿。也不对,他连个随身携带的小包都没有啊。

这会是个什么人呢?

他带着歉意朝我笑笑,把脱下的雪花呢大衣和海富绒帽子随手往床上一扔,向我伸出手来:"我叫池冶民。同你过去一样,也是知青,上海知青。"

"那太好了,"我跟着报出自己的姓名,"我叫……"

他朝我一摆手:"别报了,我知道。听说你住在这儿,我特意来拜访你。"

"这么说,你是在这儿工作?"

"也可以这么说吧。"他微微一笑,清秀端正的脸上呈现一股令人捉摸不透的神情。

他显得比我年轻,长得很俊,身材匀称,

脸貌生动而又有股诱惑力。在典雅温和的风度与文质彬彬的气质里，蕴含着男子汉的旺盛精力和勃勃生气。

"你怎么……"我不无困惑地说，"怎么还会在雁河场这样的区政府所在地呢？我认识的知识青年不算少了，最差的也都是在县城里混点事……"

"是这样、是这样的。"池冶民朝我神秘地笑笑，顺手从哔叽上衣袋里摸出一包"花溪"高级香烟，抽出一支递过来。我摆摆手谢绝了，他把烟叼在嘴上，点燃了，随即眯缝起一对深邃锐利的眼睛，似在考虑怎样提起话头。

这人找上门来，是想干啥呢？近几年来，经常有些当年的知识青年找我，要我替他们正在打的官司撑腰，或是申诉啥冤情，或是希望我帮他们在什么人面前说说话，写个条子，解决夫妇之间的分居问题。他呢，以他的衣着和神态举止来看，他不像是来提这种要求的人。

"你从山寨抽上来，就在雁河场上工作吗?"我拨弄了一下炭火问。

"哦不，和好些上海知青一样，我先被推荐到地区农校去读书，读了两年书，分在州林业局工作，又清闲又乏味，倒也好混日子。你别插嘴，"看我露出诧异的神色，他夹着烟的手朝我摆了摆，说，"我知道你要问，那么现在我怎么会在这儿呢? 说实话吧，今天来找你，就是想同你讲讲我的经历，讲讲我的命运，讲讲我感情上所经受过的一切……我只是怕你没有这个兴致，没有耐心听完一个陌生人的故事，我很犹豫。"

"我非常愿意听你讲，讲多久都可以。"不

知为啥，他的讲话有着股磁性般吸引着我，很想听他讲下去。

他对我露出感激的一笑，接着便讲开了："我刚才说到，在农校毕业以后，我分在州林业局混日子。你是知道的，地区农校的毕业生，工资少得可怜，我每年还要回家探亲一次，几乎没啥钱存下来。小小的一个办事员，穷得叮当响，要想找个理想的对象，比登天还难，我这么说，绝不是讲没人替我介绍对象，这样的热心人哪儿都多得数不胜数，可我始终没挑中一个……这里的原因是很多的，一时难得讲清。但是得坦率地说，我自己得负很大责任。"

这些话我信，像他这样漂亮英俊的小伙子，是不愁没姑娘看上他的。

"总而言之，工作几年了，我还是光棍一

个，住单身宿舍。白天上班，时间还好混。到了晚上就发愁了。举个例子说，就和你现在被困在招待所里的滋味儿差不多。你还有个盼头，盼着雪停，盼着公路畅通，我呢，简直愁闷得无处发泄。我变了，变得闷闷不乐，忧郁寡欢，变得有些孤僻，天天晚上躲在宿舍里不想见人。那天夜里，天在下雨，单身宿舍里的人全去看演出了，省城里来了个歌舞小分队表演啥迪斯科，还有服装模特儿。我抓到本杰克·伦敦的《海狼》，看得津津有味，没去剧场凑热闹。这时候有人在敲门，我恼火地跳起来去开门，正想呵斥这个冒失鬼几句，可我一把门打开，就惊愕得说不出一句话来。一个浑身淋得透湿的女人站在我的门口，走廊里的路灯和我屋里的灯光从两个角度打在她哆哆嗦嗦的身上，晶亮晶亮的雨水从她身上朝下直淌，门口的水泥地上，已淌了一小摊水渍。这些都没啥，最最要命的，是这个浑身湿透打着寒战的女人同我认识。岂止同我认识呵，可以说，她就是我这些年来始终思念、始终怀着歉疚和追悔思念着的心上人。她拒绝了我请她进屋擦洗一下的提议，只简短地说要求我随她到这儿、也就是到雁河场街上来一次。我莫名其妙，问她为什么要到雁河场街上来，她不是在我原先插队的于家寨上生活吗，怎么跑到州府来的？到底有什么事？她没有回答我语无伦次提出的一个个问题，她只是仰起一张微显憔悴的脸，大睁着一对泪汪汪的眼睛，嘶声哀求着说：'求你，只求你去这一趟。到了雁河场，你啥都会明白，现在莫问，莫问，我求你了……'"

"从州府到雁河场有一天的路程，来回两

天时间,在雁河场待上一天,合计三天。三天的假期我是有的。我答应了她。"

"见我答应了,她的眼里放出光来,抖抖嗦嗦地,从贴身的衣兜里掏出一张微湿的客车票,塞进我的手心里。那长途客车票上,还有着她温热的体温。没等我回过神来,她顺着走廊急急地一阵小跑,跑进了室外的风雨之中。"

池冶民的开场白,一下子把我深深地吸引住了。这个雨夜来找他的女子是谁?她求他到雁河场来干什么?这和他现在生活在雁河场有啥关系?

一连串的问题浮上我的脑际。我耐心等待着。我知道,这一系列的谜,随着他带着深沉的感情娓娓道来,都会自然解开的。哦,我听到了一个多么不同寻常的故事啊!池冶民讲起了他和那个女人的关系，讲起了插队落户生涯里的好些往事，讲起了他跋涉在泥泞里的那条生活之路。

他是从与那个女人的相识讲起的：

第一次注意她，是在对工分的时候。那天逢雨，生产队里破天荒地在大白天开会，宣布大、小队干部开了好几个晚上的会后决定的"土政策"，诸如离寨走娘家要经批准、鸡鸭下田要罚款扣工分之类，多条禁令连宣布带解释，会竟从早上一直开到晌午时分。散会了，我这个记工员大喊了一声："我手头的工分都算清了，要查对的，赶紧来核实。要不，我就照账面工分报会计了。"

本来因散会齐向祠堂门口挤去的寨邻们，纷纷转身向我围拢过来，特别是一帮不识字的妇女，震破喉咙般朝着我问："我合共有多少分？"

"我家的呢？"

"有多少劳动日啊？"……

吵吵嚷嚷的，我简直无法应付，只好高高地擎起工分本，照着顺序，挨家挨户地念一道。这一着倒还奏效，口干舌燥念完之后，推推搡搡围住我的人大部分退去了，想必是我的统计和他们自家的合计是对得上榫的。唯有七八个妇女，在众人退去之后，还是围住我追问："我家的分咋个这么少呢？"

"小池，你把我看水的那几百分算落了！"

…………

那年头的工分，就是农民们的口粮和现金钱，有个几分几厘的差错，也会惹起一场祸事的。

又经过一番逐个核对，围住我的七八个

人差不多走完了。

"小池，我想请你核算一下工分哩！"一个低柔怯弱的嗓门在我耳边响起，随即，一张裹起的麻纱帕子抵住了我的额颅。

我仰起脸来，看见了她，离得那么近地看见了她，她脑壳上扎一条黑色的麻纱帕子，脸上有着几颗雀斑，脸色苍白而又憔悴，双眼怯懦地瞅着我。

"你的工分？刚才也念了呀。"

"我……我也觉得有几笔账，你没加上去。"

"哪几笔，你有条子吗？"

"有的。在屋头。"

"去拿来吧。"说着我一转脸，脑壳又碰着了她的麻纱帕子，和我说话的当儿，她自始至终俯身垂首瞅着我画满格格的工分簿。

这一转脸，我才看到，祠堂里外只剩下了我和她两个，其他的人，都已走光了，偌大的有些幽暗的祠堂里，满地是磕落的叶子烟头、痰迹、泥巴脚印。而祠堂外头，不知啥时候，雨又下大了，雨点子砸落在祠堂院坝的青岗石上，嗒啦嗒啦急剧地汇成股嘈杂的声浪。

"这样吧，有空，我去你那儿对一对工分。"

"要得。"她带点欣慰地直起腰来，说，"这些天，女劳力没活路，你哪时来我都在屋头的。"

我点着头，心头也如释重负。她那颀长高挑的个头，俯身下来时，脑壳上的麻纱帕子，时不时磕碰着我的脑壳，逗得我心头十分不安。那毕竟是个少妇头上扎的纱帕呀，碰着我额头时，我总有股异样的感觉。

"看你呀!"她的一只手落在我的头顶上,撩拨着我满头蓬乱的乌发,"头发那么长了,也不晓得去理一理。"

我惶惑地往祠堂外张望,在山旮旯里,她这举动,太大胆了!让人瞅见了,莫说是她的名誉,就连我的名誉,也将像落进茅厕里一样臭。

幸好祠堂外的院坝里没一个人。微斜的大雨哗啦啦直下,屋檐水织起了一道密密的珠帘,飞溅起来的水沫雨珠把外界的一切都同大祠堂隔开了。这时我才看到,大祠堂那两扇又厚实又坚牢的大门成倒八字半掩着,外面即使有人走过,也是看不见里面动静的。怪不得,"她"今天的举动这么出格哩。往天价,她有多么拘谨懦弱啊,简直是换了个人。

我的脑壳晃了一下,想晃脱她的手,但她

居高临下,手臂又长,几乎不费一点力,手掌仍固执地压在我头上。我的心怦怦直跳地说:"没工夫去赶场理发。看嘛,这么多工分账要结。"我的巴掌拍拍厚厚的工分簿。

"等你来,我替你理。"

"你会理发?"这真是新闻。

她"咯咯咯"清脆地笑了,我不由昂首望着她,在我的记忆里,她从未这么快活地笑过。笑的时候,她那线条分明的嘴唇扯直了,嘴角微微上翘,露出两排洁白的、齐齐的牙齿。这样的牙齿,在不刷牙的山寨妇女中间,是极少见的。她笑得眼角都闪出了晶莹的泪花儿,才勉强抑制住说:"我哪里会理发哟⋯⋯"

"那你⋯⋯"

"我是同你逗起玩。憨娃儿。"

她的年龄至多同我一般大，这么称呼我，纯粹因为她是个少妇，而我只是个接受再教育的知青。

"我会去理发的。"想到我满头乱发的样子一定很狼狈，我不由得说。

"那也要等忙完了秋收结算，对啵。"

"嗯。"

她又笑了，不知为啥笑。平时笼罩在她脸上的那股凄苦、辛酸神情，消失得无影无踪了。此刻，在她那张俏丽的、微显清瘦的脸上，泛着股生气勃勃的、清朗的光。

说老实话，同她摆谈，尽管明知她是个少妇，尽管晓得不该随她抚弄自己的乱发，尽管内心时不时涌起一股莫名的恐惧，我还是觉得快活和惊喜。一个完全崭新的感情领域，正在诱使我走进去。和她每说一句话，我都觉得自己有新的发现和新的欣喜。

她也不时地朝祠堂那两扇门张望,雨一点也没减弱势头的意思,还是倾倒般下着。这种时候,刚开完会离去的人,哪个会返回来呢。

她的手从我脑壳顶上移开了,我的心却如同擂鼓样骤跳着,越来越慌乱不安。

"雨一时不会停。"她嗳嚅般耳语了一声,若有所思地瞅了我一眼。

我张了张嘴,没说出话来。我也站了起来。同她相对站着,她差不多同我一般高,身材抽条条的,一点也不像个生过娃娃的少妇。哦,在于家寨插队好几年了,我怎么会没发现她有这样美丽。

"小池……"我听得出,她这声称呼微颤微颤的,和一般寨上人唤我绝然不同。

我极力镇定着自己："你……你还有事吗？"

她摇摇头："你没带斗笠吗？"

"忘带了。"

"用我的吧。"她小跑着走到祠堂台阶上，拿进一只斗笠来，扬起递给我。

"那……那你呢？"

"我有蓑衣。"

"脑壳也要遮雨呀！"

"不关事。一趟就跑回家了。"

"我跑得比你还快！"我把接下的斗笠递还她，"你是妇女。"

她不接斗笠，只是凝定般瞅着我说："来我家对工分时还我吧。"

说完，不待我回答，她又急邃地跑出祠堂，在台阶上一面披上蓑衣，一面跑下台阶，身子一摇一摇,跑出了朝门。

滂沱大雨下得更欢了。这是入秋后的第一场大雨。天老爷仿佛把一整个干旱的夏天积蓄起来的雨水,全倾泻到人间来了。

喧哗嘈杂的雨声和流水声,对我来说简直听而不闻。

我打量着空荡荡的、满地肮脏的大祠堂,颓然跌坐回板凳上,翻开了厚厚的工分簿。

工分簿上,她家那一页,写着户主的名字:于习书。至于她,我照山寨的习惯,写着于氏。她姓啥名啥,我插队好几年了,也没弄明白。一来这是寨上的规矩,人家说起婆娘来,总是称呼:习书家的,于老三家的。二来我是男劳力,平时从不和女劳力在一道干活。去年接手当记工员时,贪图方便,沿袭了上一任记工员传下的办法。只有到了此时此刻，我才感到这一做法有多么荒唐。在我同她之间，已经发生了一些重大的、撞击心灵的感情波澜，而我却还不晓得她姓啥。

刚到于家寨插队那年的有天黄昏，我们猛听到一阵嘶声拉气的咒骂，由远而近地传来。到于家寨有几个月了，对农民们追打娃崽的闹剧，我们这帮远方知青已见惯，所以谁也没走出知青点去看稀奇。

但仅仅只过了那么几十秒钟，我们又听到了声声凄厉的哭泣，这样的哭声绝对不会是娃崽的。整个集体户的男女知青们不约而同地涌了出去，只见寨路上一帮娃崽在飞跑着，娃崽们前头，有个披头散发的妇女跌跌撞撞地逃着，一边逃一边撩着自己被撕烂的衣襟，遮护着裸露的胸部。她跑近了，我们看清她的额头上淌着血，嘴里发出阵阵哀叫。在她身后，一个五短身材的老婆娘，手里抓着根同她的身躯很不相称的粗长棍棒，嘴里一迭连声咒骂着，肥胖的身子摇摇晃晃追过来。

奇怪的是那年轻少妇一见我们涌出了集体户茅屋，愣怔了那么片刻，竟朝着我们跑来，跑近我们身前时，她未经我们同意，就一头逃进了女生寝室。

从众人七嘴八舌的议论中，我听明白了。这是于老三于习书的老娘，在追打自家的儿媳妇。这年轻貌美的儿媳妇，刚过门头一年，还是很逗于家老人喜欢的，自从第二年她生下一个瞎了一只眼睛的女娃儿之后，婆媳矛盾随之激化起来了。当婆婆的，三天两头都要找着理由咒骂儿媳妇，骂骂不解气，又发展到提棍拿棒地打。也是于家寨千百年来传下的规矩,满寨的乡亲,对于这类老辈子教育小辈子的事情,是无人过问的。于是乎,挨打的就只好撒开双脚满寨地逃避,免受皮肉之苦。

于习书的老娘"辣萝卜",(原谅我至今都不晓得她的名字)见儿媳妇逃进了知青点集体户,不敢贸然造次冲进去追打。她大概也晓得我们这帮上海知青不好惹,只得站在离知青点不远不近的地方,拉开破锣样的嗓门,唾沫飞溅地骂起来:"烂婊子,老娘看你躲,躲得过今天还有明天,喊你替老娘把一盆衣裳洗了,你把老娘的话当过耳风。破屁股,黑心烂肠的肚皮才屙下个瞎娃娃……"

那些语言的恶毒污秽,都可以编进骂人辞典。我们这拨知青,当下分为两堆,一堆站在大门外,嘻哈打闹地欣赏"辣萝卜"的污言秽语,顺便守住大门,不让她骂到火头上冲进来。另一堆退进屋去，商量如何平息战火。尤其是几个女知青，对挨打的儿媳妇深表同情，都愿救她过这一难关，只是苦于没办法。我当时出了个主意，那"辣萝卜"不是非常喜欢我们从上海带来的瓢儿菜籽嘛，拿上一包，让几个女知青作使节，呈上菜籽的同时，劝其退兵。想不到这一着收到了立竿见影的效果，我为此整整得意了两三天。

要说同她的交往，我插队几年来，就这么一次。而且还是间接的。但关于于习书的事，我倒是还听到过一些。同原先当保管员的于习书，也直接打过交道。

在乡间，于习书算得上一个地地道道的壮汉，人长得高大粗莽不算，还有股野劲，酒可以喝几大碗，挑起二百斤的担子，简直不当一回事。他爱笑，还爱赌，我们几个知青跑去赌场上看赌的时候，总见他在场。他的手气好，差不多回回都是赢家。一年四季，他都留一撮黑浓黑浓的小胡子，模样儿很像是电影上的鬼子军官，可能是当着现今保管员吧，在于家寨上他有着相当的地位和权威。听说生产队革委会研究事情的时候，好些事情队长还是听他的。对寨上的乡亲，他倒还顾些面子。哪家急需用钱了，写个借条递给他，他是经常给予满足的，并不以权刁难人。惟独对自家的婆娘，他一点也不客气，开口说话就虎着一张脸，要不干脆连骂带吼地吆喝，就像是使唤牲口："屋头那盆衣裳，你还不端出去洗啊，撂在那里是不是捂蛆？"

"狗日的，老子累得汗爬水流，你倒在这里跟人说笑，还不快滚回家煮饭去！"

逢到这种场合，挨骂的婆娘往往是忍气

吞声，垂着脑壳，一溜小跑着避开去。听说，于习书之所以有如此至高无上的权威，就因为那婆娘有愧于他，替他生了个瞎了一只眼的娃娃。在于家寨上，生女儿的婆娘已经要挨骂了，莫说她生的还是个瞎一只眼的赔钱货了。

于习书那个瞎了一只眼的女儿，不满周岁时生过一场大病。乡里的人说不出生的是啥病，只说那瞎娃娃脑壳上烫得可以煎鸡蛋，烧得凶。一天深夜，夫妇俩套上马车，抱着娃娃赶到公社卫生院去。半途上娃娃就断了气。于习书攥着马车回到寨上来时，坐在车厢里的婆娘哭嚎声，惊醒了满寨的人。

这以后，在于家寨上，"辣萝卜"或是于习书追着打婆娘的事，便成了家常饭。

有一回，吃过晌午出工的队伍绕过他家院坝，听到屋头传出声声凄惨的哭叫，还能隐约听到于习书摔板凳、跺脚的声气。寨邻们压低了嗓门在议论："于习书又捶婆娘了。唉，真是的。"

"晓得是啥缘故吗？"

"还不为点家务事！"

"不是的。"有个神秘的声音传进我的耳朵，"听说啊，是他婆娘……嘿嘿，来来来，这里有姑娘，不便说，到这边来点，听说啊，是那婆娘不愿和他同床，惹得他肝火旺哩。"

就在这年的秋末冬初，大队里组织查账小组，专查于家寨会计、保管员的账。我也参加了。于习书把头年上交大队的现金九百三十元的账，做在第二年的支出账上，而在头年的预拨金里，这笔钱早就上了支出账。一笔是做在头年年初，一笔做在第二年年尾，收钱的大队干部只记得有这么回事儿，其他都讲不清了。算我的腿脚勤快,除了细查账面,还几头跑,让经手的会计和干部尽量回忆。终于逼使于习书承认贪污了九百三十元钱。

为此,于习书的现金保管员职务被撤了,"辣萝卜"吵着一大家子人不替这"贪污儿"背账,同于老三分了家,还在院坝中央扎起了一堵篱笆墙,以示划清界线。

分家之后,于习书把一头大肥猪卖了,交给集体二百元现金款,同时提出,还有七百三十元,由他趁农闲时节出外到基建工地筑包坎、打小工归还,力争在两年之内还清,改过自新。希望队里为他出去打工开一份证明。

大小队干部答应了他的要求。

哪晓得,他离寨出去打工,一晃三年了,都不曾回过一次家。让人出外时顺便打听,也打听不着他的消息。直到今年挞谷子那几天，于家寨上隐隐约约有人传，说他早在外县的什么地方，勾搭上了一个妖媚婆娘，生下了一个白胖儿子。是真是假，没人讲得清楚。足足三年没回来。倒是真情。

翻弄着工分簿，在大祠堂外的一片风雨声中，关于"她"，我搜肠刮肚的，能想出来的，便是这一些事情。

盼了一年的社员们，吵着要尽快地结算分红，会计对我催了几道，要我赶紧把核对清楚的工分账交给他，于家寨上几十户人家的工分，我都结清了。惟独"她"的账，还没核对。

有过大祠堂里的那一幕，我总有种预感，感到不能贸然到她家去。到了她家，在我和她之间，是要出些什么事的。出啥事儿呢？

我似是有些怕，又确实地有所期待。这几天来，这个不晓得名字的女人的脸庞，总会不知不觉悠悠地晃现在眼前。一晃现就使我陷入冥冥的遐思。

收工回寨路上，会计又对我催了一回。看来，再拖下去不成了。我答应他，明天一早就把工分账送去。同时，我决定了，趁着傍晚天黑之前，我到她家去一次，把她的账核算清楚。黄昏时分的于家寨，是一天当中最闹热喧嚣的时候，估计，这当儿，人人都要忙晚饭，忙煮猪潲，不会出啥事儿的。

回到知青点，我换下出工劳动的衣裳，洗过一把脸，顺便还用凉水冲了脑壳，随即带上工分簿，到她家去了。

插队多年了，对于家寨上的每家每户，我都可以说是熟门熟路。只是，进她家走哪个门,我有点搞不清楚。

眼看走到院坝眼前了,面对绿树翠竹掩映下的几幢砖瓦房、茅草屋,我不知所以地站住了。倒不是不敢朝里走,贸然闯进"辣萝卜"家,免不了一场寒暄不说,从她家出来再进"她"的家,总有些别扭。再说,我也不想撞见"辣萝卜"家的人。

正在犹豫不决,路旁坝墙后头,送来一声轻柔的问候:"来对工分吗?小池。"

我转脸望去,正是她,扎条围腰,在暮色浓浓的园子土里收豆豆架子,显得温和而又安详。我不由朝她微笑地点点头。

她像看出了我的意思,手朝坝墙边一条窄窄的路一指:"走这边。"

我夹着工分簿,踏着园子土旁一条仅只半尺宽的脚窝路随着她迈进一个矮矮的门洞。

"坐。"进屋没走几步,她就挨墙替我放下一条小板凳。

我恭顺地坐在板凳上,发现这是一间窄窄的、长溜溜的房子。房子尽头垒着灶,我坐的这半边空荡荡的,矮矮的门沿外,就是一篷挨一篷的密匝匝的钓鱼竹。屋头显得晦暗晦暗的。

"大门在那边,"她见我狐疑地打量这间小屋子,手往灶那头指着介绍,"我们进来的这个小门,只通我的园子土。"

她说我的,不说我家的。

我"啪啦啪啦"翻着工分簿:"我来和你对工分,你不是说……"

"莫慌,"她打断我的话,两只眼灼灼地瞪着我道,"你是收工后,没吃饭就来的吧?"

我在她的逼视下点点头。

"我先替你煮点吃的。火现成。"

"我不吃饭。"我赶紧声明。

"不煮饭,随便吃两只蛋。放心,我不会毒你。"

她说话的声音里,有着女性特有的关切和温存。活到二十四五岁,还没有女人用这样的声调同我讲过话。我无法再阻止她。况且,干一天体力活,到这时分,我也当真饿了。她动作麻利地打碎蛋,小心翼翼地煮进滚沸的锅里,在光线淡弱的灶台前,她那微倾的身子,映在我的眼里,如同一尊雕塑。激起我心头一阵又一阵温情的涟漪。我凝视着她,忘却了世界上一切地凝视着她,呆若木鸡般坐着。

她蹲下身子去了,双手摸摸索索,在灶膛

前的角落里抓起一把豆荚秆，塞进了灶孔，火"呼"地一声燃大了，红亮红亮的火焰映出了她的脸，清晰地勾勒出她脸庞侧面柔美的线条。火焰的光亮里，她的一对眼睛，熠熠放射出充满期待和希望的光芒。

我的心不由得怦然一动。哦，要是我不坐在这里，她一个人守着灶做饭，煮潲，喂猪，而后刷洗锅碗筲箕，而后清扫屋头睡觉，而后又一个人煮早饭吃后出工，日复一日，天天如此。她打发过去的日子，不是一月两月，也不是三月五月，而是三年，整整的三年守着活寡，贫困清苦不说，那份寂寞和苦恼，她是怎么熬过来的呀，是茫无思想，浑浑噩噩，还是怀着被遗弃的屈辱和焦渴忍耐着？

这太可怕了。不往远说，就说我吧，秋收大忙过后，同一集体户的知青们全回上海探亲去了,只因为我当着记工员,要参加秋后结算、年终分红,不到腊月二十几走不了,只得独自一人留在寨上看守知青点这个家,伙伴们才走几天,我已经耐不住孤寂了,一到了晚上,就去串寨,看那帮好赌的汉子扔骰子,听上了年纪的老汉云天雾地摆龙门阵,直摆得脑壳往下勾打瞌睡,借此来消磨光阴。而她咋个过呢……

"来,快趁热吃!"一碗亮晶晶闪着雪白光泽的水煮蛋,端到了我的脸前,鲜蛋的淡香味直冲我的鼻子。我膝上厚厚的工分簿失落在地,手足无措地接过了一大碗煮鸡蛋。

"谢……谢谢!"我愣怔了一下才说出口。

"好憨哟,瞧你这模样。"她嗔笑道。

一只大碗里,足足打了六只鸡蛋,以至蛋多汤少,好些白砂糖还没化开。我用匙儿搅着汤和蛋,心头热乎乎的,插队生活清苦惯了,一顿至多吃两只鸡蛋,哪敢这么奢侈,一顿吃六只蛋啊。我一边搅一边说:"太多了。我哪好意思吃啊。瞧你孤零零一个,一年到头才挣多少工分,跟你说,初算下来,一个劳动日只值三角四分……"

"不碍事。"她截住我的话头说,"我喂了一大群鸡,十二只母鸡,一只公鸡,都是鸡下的。"

"你可以拿去卖。"

"我懒去赶场的,那些打击投机倒把办公室的龟儿子,专爱找我们姑娘媳妇的麻烦。"

"那我也吃不下这么多啊。舀两只你吃吧。"

"舀起嘛!"她爽快地答应,蹲下身子,双手抓住我的膝盖,朝着我微仰起脸,张开嘴,"来!"

哎呀,亏她想得出,她是要我将就手里的匙儿,舀蛋给她吃。

她既调皮又期待地等着,我只好用匙儿舀起滑溜溜的水煮蛋,送进她的嘴里。

她微眯起眼睛,咀嚼着咂了咂嘴巴,认真地一点头道:"嗯,糖够了,还真甜。哎,你也吃啊,快吃。"

在她催促下,我也舀起一只蛋,咬了一口,又咬一口。是的,她放的糖真够多的,水煮蛋甜极了。白砂糖,在偏僻的于家寨,也是个奢侈品。莫非,她还能说,这是家里现成的嘛。不过我已不想说了。在她的窥视下,局促地吃下去两只鸡蛋,第三只蛋刚咬了一口,她忽然一摇我的膝头,用命令的口吻道:"再给我吃点。"

不等我反应过来，她不容分说地抓起我的手腕，把那只我咬过一口的蛋，送进自己嘴里。一边咀嚼，一边连声赞叹："哟，甜，真甜。来，你也吃啊！"

啊，她的一个眼神，一个脸色，一个手势，一个动作，都向我表示着亲昵和熟稔，都带着鼓励我的意味。我的心早跳得不自在了，一双眼睛里，除了她那张俏丽的脸，啥也看不到了。而事实上，就是她那张脸，我也只看到她的一对充满柔情的眼睛。

吃完蛋汤，我把碗和匙儿往板凳角上一放，掏出手帕来抹着嘴说："我们核对工分吧。"

"忙哪样呀！"她拿过我搁下的碗和匙儿，站起身来说，"把你喂饱了，你还急啥。我那工分小本本在屋头，等我把灶屋收拾完了，再同你对。"

　　吃了人家的嘴软。我只好迁就她的意思。天黑了,灶屋里已是幽黑一片,看不很分明了。我木然坐着,只觉得她刷过碗和锅,问过我还要不要吃晚饭,我回答说四只鸡蛋,当得一顿晚饭了,吃不下。忙碌间,她在灶旁边那扇门里进出过一回,还走来关上了通园子土的小门,然后又到灶台边去了,好像是在舀水洗脸。

　　我移开了脸,屋里是全黑了,只有灶孔里的火光,还在一明一灭地闪耀着,使我依稀看得到她的身影。寨路上有重重轻轻的脚步声偶尔传来,不时还响起一声两声狗吠。

　　我只觉得自己的心像在波浪里似的时沉时浮。

　　"嚓"一声,她划燃一根火柴,点亮了灶台

上的油灯。油灯的光焰晃悠晃悠急闪了几下，燃大了。

我骇然看到，她只穿一件贴身小褂，一条短裤，正从一只大大的木盆里迈腿出来。劳动妇女胸前的一对乳房，鼓鼓地凸显着。

我当下明白了，刚才我以为她在洗脸，其实她是在摸黑擦身淋浴，怪不得有几下舀水声哩。我看不见她的眼睛，更看不见她的脸，只见她把一条白毛巾扎在脑壳上权当头帕，利索地穿上对襟衫和长裤。眨个眼工夫，木盆里的水倒了，她已收拾停当，朝着我走过来。

她的背对着油灯光，我还是看不清她的表情，只听她说："害你久等了。走，我们对工分去吧。"

我木讷讷地站起身，随她走去。走近灶

台,她拿起油灯,"噗"一声吹熄了。

"咋个走啊?"我低声咕哝着。

"跟着我。"她抓起我一只手,推开了一扇门,我只得跟着她,朝黑咕隆咚的里屋走进去,心里直盼她快点盏灯。

挨着灶屋的那间房有窗户,方格格窗棂上没糊窗户纸,浅白色的月光从窗户里射进来,屋里的陈设依稀可辨。

这间屋头堆有几笭洋芋,还有一只大围笭,屋梁上挂着几大串包谷和满挂满挂的鸡爪辣椒。

穿过这间类似堂屋的房间,我又随她走进里屋。

里屋比灶屋还黑,啥也看不见,像没有窗户。

"点盏灯。"我催她。

"要得。"她一只手抓着我,另一只手抚弄了一下我长长的满头乱发,"可你要听我一句话。让我替你理个发。"

"你不是不会理吗?"

"我会剪啊! 剪得齐刷刷的,不比理的差。"

"我还是赶场去理发馆吧。"

她把我的手抓得更紧了:"那我不点灯,也不放你走。"说着话,她的身子朝我靠过来。

我后退了半步:"依你吧,剪就剪。"

她高兴了,放了我的手,点起了一盏煤油灯,还让我坐在屋子中央。

这里间屋,原来是两小间,外头一小间挨着竹园,有窗户,糊着白窗户纸,里头一小间是卧室,放一张双人大床,床上的帐子敞开挂在帐钩上,床上的被子叠得整整齐齐。糊着窗户纸的窗门,被帐子遮住了。窗户对着一道坝墙围起的园子土。床边有张搁着煨瓶的三抽桌。她找来一件大襟衣裳,围住我的脖子,手里拿着一把快剪,认真替我理起发来。

剪子"嚓嚓嚓"一阵响,她一手托住我脑壳,一手剪着,果然剪得相当熟练,不是个生手。

我心奇了:"你咋学会的。"

"娘家爹教的。"

"你爹是剃头匠?"

"不是。他是大队支书。"

"那他咋会理发?"

"在部队上学的,爹是志愿军。"

"你在娘家,也替人家剪?"

"替一同长大的姑娘们剪。剪熟练了!"

"看我,同你说了好久的话,还不晓得你

叫啥!"

"总算想到问一声了,"她的剪子停了片刻,"我叫吴金珠。"

一个普通得不能再普通的名字,可我心头却情不自禁地默默地唤着:金珠、金珠、金珠……

剪了脑壳两边,剪后颈窝的头发,让我低下头,把我的脸埋在她隆起的胸前。她剪的时候,一俯下身来,鼓鼓地凸起的乳房,就紧紧地压在我的脸上。

我的脑壳刹那间眩晕了,眼睛里直迸金星银花。我感觉到她的柔软的温暖的胸部的气息,闻着她那被曝晒过的对襟衫上的干燥气息,不,我嗅到的,我感觉到的,远远不止这些,女性那素馨醉人的气息,使我的神经颤栗了,我的双手里捏着两把汗。天哪,长大成人之后,我还从未这么近地挨过一个女人哪。我的心在狂跳,血脉在奔涌曲张,我的双手情不自禁地轻轻搂上了她的腰肢。

她抽条条的身子在我的搂抱下陡地抖动了一下。

我的手与其说是搂着她,还不如说是搁在她的腰肢上。尽管如此,我仿佛觉得,她体内的血液,正在急涌到我的手臂上来。

她已经不再剪我的后颈窝发根了,只是用左手一遍接一遍地摩挲着我的颈窝。轻柔地、小心翼翼地摩挲着。

我任凭她抚慰着自己,悉心感受着她的体贴和脉脉的温情。还需说啥呢,只要我一用力,把她紧紧地搂在怀里,她便会把一切都交付给我的。可我的手在打着寒战,怎么也使不出力,她……吴金珠她终究是于习书的婆娘呀！虽然于习书甩下她一个人生活已经三年了，可她在法律上，还是于老三的婆娘哪。我掺和进去，算个啥名堂呢。可……

我不晓得这情形延续了多长时间。只记得她在我颈窝上轻轻拍了一下说："剪完了，洗脑壳去吧！"

随后，我就跟着她摸黑退回灶屋，由她帮我洗净脑壳，抹干，她还似乎在我湿漉漉的头发上嗅了一下，说："这下好了，喷喷香。"

直到这时，我才同她走进里屋，坐在床沿上，开始对工分。

几笔工分，不消五分钟便对完。我打了合计，把她的总分填上，又"刷刷刷"涂去了于习书和于氏两个名字，在旁边写上又粗又浓的三个字：吴金珠。

她无声地笑了一下。

我心头一亮：莫非她同其他山寨妇女不一样，还识得几个字？"你识字？"

　　她默默地点点头，两眼忽闪忽闪瞅我一眼。

　　我被她瞅得心慌，合上工分簿，把封皮角角抚平了一下，说："我走了。"

　　"真走？"她下意识地转脸望了望双人床铺，两眼顿时黯暗下去。

　　我惶惶地站起身，忍不住又看她一眼。她正仰起脸来，两眼哀伤地泪汪汪地瞅着我。

　　我硬硬心肠，转过身去，一步一步朝外走。

　　"噗"一声，她吹熄油灯，整个身子扑了上来："小池，莫走，等一会儿走。"

　　"咋个了？"我感到她的声气不对。

　　她恐怖地抓着我的手臂，耳语着说："我

听到有人来了。你……你听。"

我竖起耳朵,凝神屏息静听着。先是听到一阵自己杂乱的心跳,接着又听到风吹着梓木树叶哗啦啦响,静谧之中,还听到一声一声蹑手蹑脚的足音。我分辨得清楚,这脚步声,不是顺路走到门前来的,而是像贼似的,在窗外园子土里乱踩着,趄到金珠窗口边来了。

我的心提到嗓子眼上。紧紧挨着我的金珠,浑身在扑簌簌打抖。这是哪个野汉子呢?

双人床张起的帐子后面,那扇隐约可辨的窗户上,响起了撮起指尖的轻击声,糊着窗户纸的玻璃被击得"嘭嘭"发响,同时,传来低低的呼唤:"金珠妹子,金珠妹子。"嗓门压低得变了声。

我感觉到金珠恐惧地抓住我肩膀的双

手,几乎勒进了我的皮肉。

急切的呼唤和击窗声来得更猛烈了:"金珠妹子,金珠妹子,这么早就睡下了吗?刚才还见你亮着灯哩。你……给开个门吧。"

这回,我听出嗓音来了。眼前同时浮现出一张黄蜡蜡的、下巴尖尖的脸,一对皂白分明的眼睛总是过于精明地骨碌碌、骨碌碌打着转转。

他叫于志光,三十多岁了,屋头的胖大婆娘给他生下了可以排成队的六个娃娃。算起来,他是于习书的远房堂哥,在于家寨上,也担当着一份职务:保管员。和于习书不同的,他是实物保管,不保管现金。于习书没离寨前,两个保管员之间走动得是很勤的。难怪他对金珠这儿,是如此熟门熟路。

"金珠妹子,开门吧!"于志光已改用拳头

在轻搔窗户了,声气也更大了些。

我听得清金珠局促的喘息声,她颤抖着声音问:"你要干啥?"

"嘿嘿,我晓得你醒着嘛!哪会睡这么早哪,孤零零一个,夜长难熬啊!"听到金珠的责问,于志光非但不恼,相反还"呵呵呵"乐了,用甜腻腻的声气道:"要干啥,亏你还问! 来陪你妹子啊……"

"你快滚!"

"滚? 咋个舍得你妹子啊!"

"你不要脸!"

"随你咋个骂啰,金珠妹子,你我都是过来人,你何必那么死板哩! 没得听说嘛,于习书,我那堂弟,早在外乡裹上个婆娘,娃娃都生下一双啰! 你还在守着空房,维护啥贞节啊,憨包婆娘,这会儿,他怕正同外乡婆娘搂着睡哩……"

"呸!"金珠愤愤地一跺脚,"你在这乱嚼蛆,满嘴里喷粪,给我滚!"

"不滚,金珠妹子,"于志光死皮赖脸地说,"你咋个这样子不拐弯啊,你守着活寡,我那婆娘又怀上娃娃了。我们俩正好……"

"不滚我就喊啦!"

"喊嘛,喊来了人,我就说是你约我来的……"

"你……"

"嘿嘿,金珠妹子,开门吧!"

我紧紧地咬着牙,极力抑制着愤怒的情绪,一个人的无耻,达到了这样的程度,除非动用拳头和棍棒收拾,才能揍落他的邪念。于志光长得干瘦单薄,要教训他,我的一双拳头绰绰有余的。可我却动弹不了,冲出去打他一顿,招来了寨邻乡亲,人家问起来,我咋个会在吴金珠屋里,该怎么答复呢。那岂不是惹祸事上身。

金珠像是让他缠得无奈了,脑壳埋在我的肩头,无声地啜泣着。我能感觉得到,她那丰满的胸部在随着啜泣不断起伏。

屋里静得令人难耐。窗外的于志光似乎从金珠的沉默中感到了希望。他的嗓音变得甜腻哀怜,比先前愈加热烈和迫切了:"金珠妹子,开门吧,莫以为我不晓得,你孤苦伶仃一个人守空房,也盼个人作陪呀!开了门,你欢我也欢……"

"好嘛!"倚靠着我肩头的金珠突然爽利地答应下来,她离开我,走近双人床边,"哗"一声把遮住窗户的帐子后摆撩了起来:"你等着!"

"嘿嘿，我说嘛，要一开头就答应，我们……嘿嘿嘿……"窗外的于志光发出一连串浪笑声。透过窗户纸，我依稀看得到窗户上映着一个晃悠悠的脑壳。我赶紧往屋角落里�2去。

金珠在漆黑的屋头转了一圈，我只是朦朦胧胧觉得她提了样啥东西，只见她爬上床去，朝着窗外低声喊："我给你开窗，你就从这里进来吧。"

"哎、哎……"窗外的于志光的声音欢得颤抖。

我只是有一种预感，感到金珠要做出啥骇人的事来，是拿起一只扎鞋底的锥子戳他，还是抓根针刺他……不等我猜明白，窗户"嘭"一声打开了，窗外的月色里，于志光的脑壳猛地拱现在窗洞里，双手抓着窗台，正要往里爬。没等我看分明，正欲爬进来的于志光发出一声挨刀猪样的惨叫，脑壳往下一缩，哭爹喊妈地逃走了。

金珠的脑壳探出窗户去，尖声拉气地咒骂着："你个烂龟儿，喊你再敢来摸墙再欺负人。再来，我用开水烫死你！"

哎呀，她刚才手里提的是煨瓶，她一定是用煨瓶里的水烫了于志光。

金珠"砰砰嘭嘭"关严了窗户，重又把帐子放落下来，手提着煨瓶重重地搁在双人床边的三屉桌上。继而嘤嘤出声地哭了。

我的心里乱成一团。要是为避嫌疑，我该尽快地脱身，离开这儿，免得左邻右舍好打听事由的婆娘上门来时撞到我。可面对着一个刚受过辱的少妇，我能硬着心肠走吗。我惶惑地走近了她身旁。

她止住了悲泣，一动不动地坐着。屋里静得可怕。我好像听到周围的寨邻打开了堂屋门、院坎的朝门走出来，我仿佛听到了他们走来的脚步声。我的心骤跳着，喑哑着嗓门说："金珠，我走了……"

　　"出了这种事，你还走？"她大为惊愕地问。

　　"会有人来的……"

　　"不会，不会有人来。你尽管放心。"

　　"这个寨上的人都爱管闲事……"

　　"没得人来，你信我的话，信我的吧。"金珠一把扯住了我的衣襟，扯得紧紧地道，"他……于志光这烂崽，他来缠我不是一次了。"

　　"不止一次？"

　　"差不多天天晚上来，害我上半夜没法

56

睡。今天不是你在这里，我、我也不敢开窗烫他。你莫走、莫走。"

我硬不起心肠来了。一个可怜的弱女子在求你，你能回绝她吗，我苦笑了一下："待一会儿，还是要走的呀。"

"不，不走。"

"要走的。"

"走了他又会来的。"金珠带着哭腔站了起来，"又会来的，他会报复，会破门而入。"

"你想的太可怕了。"

"是真的。小池，你不能走，你不晓得，我快要憋死了，闷死了！你不走你在这里，我胆壮。"金珠的双臂搭上了我的肩膀，急促地晃动了两下，又顺势搂住了我的颈脖："小池，小池，你答应我。"

哦，难道这就是爱情吗？

我使劲地把脑壳往后仰，才能使自己的面颊不同她朝前倾探的脸挨在一起，才能勉强回避她那对拼命大睁着觑视我神情的泪汪汪、火辣辣的眼睛。平心而论，从未同人谈过恋爱的我，把爱情看得格外的神秘而又神圣，发生过大祠堂里那一幕以后，虽然晓得她对我有着明显的好感，虽然我也对她有着强烈的兴趣和时时有股接近她的愿望，但我从来没有想到过同她如此亲密无间的相处，不，只要一往这上头想，我的心头就会产生一种莫名的恐惧……可此时此刻，小屋里是无边无际的黑暗，金珠的发梢不断地撩着我的额头和面颊，从她鼻子里呼出的声声喘息般温馨的热气，暖烘烘地喷到我的脸上。使我有一种心弦为之颤动的快感。

　　感情像股旋风般把我脑子里的一切意识

席卷一空,迫切渴望亲昵的欲望像急浪般掀了起来。我张开了双臂,带着股莽撞紧紧地搂住了金珠。

金珠呻吟似的低低叫了一声,热切地攀住了我。我的耳边断断续续传来她柔柔的梦呓般的呢喃:"小池……你、你是不是嫌弃我,小池……"

她大约也根本不指望我回答,我呢更顾不上答复啥话了,只是笨拙而热烈地吻着她那润滑的、烫乎乎的脸颊。哦,只有到了这时候,我才知道,她的心多么渴望着怜悯和爱抚。

小小的卧室里有着股晒过的包谷的干燥味,微甜微甜的干燥味。这股气味,会一辈子留在我的记忆里。

"你为啥要挽留我?"

“你会不晓得吗?”

“我陪着你,不是同于志光来缠你一样。”

“咋会是一样,憨猪儿。”她非常生气,骂起人来。

“人家都要讲……”

“讲啥?讲我偷汉子,是吗? 就是偷汉子,也不一样。”

“不一样?”

“于志光那种男人,只配同猪睡,臭蛋一个。可你,你……”

“我咋个?”

“我就是喜欢你,记得吗,那年‘辣萝卜’追着捶我,就是你出主意救我的。就是那回,我记住你了,好心人!”她赤裸的手臂从我颈子后面弯过来,拍着我的面颊,又俯过脸来,一头黑发把我的脸全遮住,在我的腮边结实而毫不含糊地吻了两下,我的腮帮上再次留下了她的唇液,心头涌起一股亲昵的感觉,她接着道:"于习书这种人都配过人的日子,我就该过鬼的日子。呸,我偏不信这个邪! 就许他在外头乱裹女人,不许我自家找个汉子。我就是要挑个心上喜欢的人。小池,你是我的太阳!"

那个狂喜、跌入深渊般的不眠之夜过去之后,只要我稍有闲暇独自待着,我就会想起同她在床上的这段对话。在她的这段话里,透出了她同我相好的一点真实的意图。

说这些话的时候,我并没意识到这一点。是我事后想到这些话,逐渐逐渐领悟出这层意思来的。

开初我也只是想当然地以为,她孤寂,她需要安慰,或者拿山寨上的话来讲,结过婚的她耐不住寂寞，情急了。翻来覆去地想到她的这段话，我开始明白，事情远不是那么简单了。单是情急了，她会开门接纳夜夜来缠的于志光，可她死也不。她有自己的追求和向往。特别是联想到那晚上，她偎依在我的怀里，在我的耳边轻声细语地讲起的她的经历，她娘家的情况，我更认定了这一点。

她的被窝非常干净，躺着就能嗅到一股阳光的气息。

"你晓得吗，"她把被窝盖着自己的半边身子，倾身向着我，在我耳边柔声细语着，"嫁给这个于习书，我真是无奈，家里真是无奈。"

"你爹不是支书吗？"

"支书，'四清'前的支书。'四清'那年，清算出他在饿饭那几年里给寨邻乡亲们留了点粮，背了个'瞒产私分'的罪名，下台了。

'文化大革命'一闹起来，老账新算，就逼着他下煤洞挖煤。日子难得熬呀。爹在煤洞里挖煤压断了腿，要住院上石膏，要不，腿就要断。可住院要钱哪！爹一个'四清'下台干部，到哪里去找这么大一笔钱呀。一家人愁死了，这当儿，媒人上门来了，替我做大媒，出主意说，只要我答应下来，爹的医疗费就有办法。为救爹的那条腿，也为全家人往后的生计，我连于习书的面都没见一见，就点了头……

"你知道，我不仅识字，在爹的叮嘱下，我还读完了初中。我想望着，嫁了人能改变我家碰到的厄运，嫁了人能过人的感情生活。可哪晓得，相貌并不难看的于习书，有那么粗俗、那么委琐和自私，还有他妈妈'辣萝卜'……我失望了，绝望了，厌倦地忍受着心的孤独，忍受着难熬的日子。只望生下个娃娃来相依为命,哪晓得,娃娃一只眼是瞎的,于家老少从此再不把我当个人看,'辣萝卜'满寨追着我又骂又打,不把我打残了,她硬是不甘心。更可怕的是,我那女娃儿发高烧,他们一家都不让我抱她去看。那晚上,趁着于习书出去赌钱,我偷偷地把娃娃抱出了寨子,急急地赶往公社卫生院去,想求医生给娃儿医一医,哪晓得,于习书赌钱回家,不见了我们母女,套起一辆马车,就来追我们,半路上硬把我和娃娃逼回家来。我不肯,他发疯样地对着我又是打又是捶,还要夺我手中的娃娃。可怜我那娃儿啊,有了病得不到医,半路上又遭于习书那么一折腾,还没回到寨上就咽了气……"

说到这些,金珠已是泣不成声,她的脸埋在我的臂弯里,浑身都在震颤打抖。我找不出一句话来安慰她，只是在她肩头轻轻地抚慰着，抚慰着。她啜泣了好一会儿，才又断断续续地告诉我，从娃儿死了之后，她再也不愿和于习书同床，于是乎，于习书又同他娘一样，找岔子骂她、打她。

想一想吧，她过的是这样压抑的生活，怎么可能对婆家有好感、对于习书有感情呢。她是带着颗封闭的心，生活在孤陋闭塞的寨上。

而这颗心现在向我敞开了，率直地向我露出了无尽的渴念和燃烧的激情，她希冀着温存，渴望着爱，忘乎一切的疯狂的爱。为了这爱，她可以去干平时想也不敢想的任何事情。因为这是她心甘情愿的。这样的爱，是绝不能随便待之的。

想清楚了这一点，我陡然意识到，我是在

走近一堆熊熊燃烧的大火，是在走向骇人的深渊。

那一晚，同她度过了几乎不曾合眼的整整一夜，我真正感觉到了狂喜、甜蜜和幸福。真正觉得被一个女人衷心爱恋时的欢欣和亢奋，在那从未体验过的热情火山爆发般喷涌出来的时候，我甚至觉得，为了她，为了这个给予我温暖和抚爱的金珠，我可以去赴汤蹈火，去干无数惊人之举。

可在冷静下来以后，我也得照实承认，我感到惶惑，我有一种恐惧和不安的心情。我不得不想到她是于习书的婆娘，不得不想到我和她都生活在对男女之间这类伤风败俗的事情深恶痛绝的偏僻山寨上，不得不想到这个寨子上的人几几乎都姓于，而这些人又几几乎全都信奉陈腐的根深蒂固的家族观念。

而更多的，我还想到了自己，我是一个知识青年，几年来所谓"接受再教育"的实践已经证明，我不可能、也没能力在偏远的于家寨上扎根落户一辈子，我梦寐以求地期待着抽调，我要离开这儿。而她呢，怕一辈子也跳不出这个深陷的坑——于家寨于姓人家的媳妇该牢守的空房。

我必须用毅力克制自己的感情，斩断和金珠之间已经开始了的关系。即使要挣扎，我也必须挣扎出个结果来。

工分结算完，交给会计，我的职责就算完成了。

秋尽冬来，山野里呈现出一派萧条和荒寂。我等不及年终分红，就想回上海探亲去了。

我开始整理东西，做回家的准备。

睡脏了的被窝褥子要洗干净，分给我的谷子、包谷、洋芋要分别装进箩筐、围箩，寄存到信得过的老乡家去，还有箱子和稍值点钱的东西，也得寄存好。要走了，老乡们免不了让带点东西，那几个大、小队干部，要打声招呼，还得开一张证明，免得在上海刮起"政治台风"时，被叫到派出所训话。

以往，所有这些事情，抓紧一点，两天就办完了。但今年，我自己也弄不懂，为啥磨磨蹭蹭的，三五天里还没办成几件事。就说洗被窝吧，今天拆了，一看是阴天，怕不干，没拿去洗；明天飘起了毛雨，干脆不洗了。一不出工，我反而变得格外懒散，坐在板凳上，木呆呆、木呆呆的，一坐竟是几小时。

毋庸讳言,之所以如此迟疑不决,时常陷入冥冥的深思之中,全是因为金珠。一个招呼也不打,就跑回上海去探亲,太讲不过去了。况且,况且我只要一静下来,就会想起她来,想起那个永远难以忘怀的夜晚她和我之间发生的一切。

　　犹豫、自责和对金珠的思念关切,使得我整整拖了一个星期,也没离开于家寨。当我总算把所有的准备工作做好,去向大队请假的时候,大队里挽留我在山寨上和贫下中农们一道度过个"革命化的春节",并且给我布置了具体任务:离于家寨约摸四里山路的白岩寨,账目混乱,年终结算分红搞不下去,大队决定成立个查账小组,我也是成员之一。

　　要在往年,我会推辞,会找出种种理由力争回上海探亲,甚至还会写信回上海,让家里赶紧发加急电报。但是这回，我只点了点头，表示感谢组织对我的信任，我一定在查账小组里好好地干。

当决定不再回上海去以后，我忐忑不安了好几天的心反而平静下来了。

查账小组的工作，在腊月二十九小年夜那天就停下来了。白岩寨上，要在年前分红肯定是没指望了。不说现金了，就是那几笔烂账，这十天半月，要想厘清也是不可能的。查账小组五六个人，一扔下白岩寨的账本本，各自都回家忙碌着准备过春节了。于家寨虽穷，到了年关脚下，家家院坝里还是有着股喜气。

惟独我，变得比任何时候都清闲。寨邻乡亲们见我一个异乡客在山寨上过春节，纷纷邀我去他们屋头过节吃饭。从大年夜那顿晚饭开始,直到年初五,我的日程全都排满了,根本不须自己备年货,连灶火都可以熄了。

闲着没事儿,我搞点儿个人卫生。大年三十那天下午,我把里里外外的衣裳都换了下来,拿到堰塘边去洗。腊月间的堰塘水冷得僵手指,才洗了两件衣裳,我的手指都冻红了,明知无用,我还是不时地把指尖凑到嘴边,呵着热气取暖。

“小池,好勤快哙!大年夜还洗衣裳。”正想马马虎虎把衣裳清完,耳边送来清脆脆的一声招呼。

我不觉一怔:这是金珠的声气。

我转过脸去,她端着一只脸盆,蹲到我身边来了,满脸堆着笑:“冷吗?”

“有点……”

“拿来我替你清洗。”

“哦不，不用、不能……”我的方寸全乱了，急忙朝堰塘团转溜了一眼，幸好，近处没其他人，听不见她刚才那句亲昵的话。

“那么，听着，”她也用眼角朝两边溜了溜，放低了声音说，“今晚上，来我那里吃年夜饭。”

“我已经答应了四叔家。”

“那也得来。”她的一双眼睛睁得老大，灼灼放光地盯着我，一点没放松的意思，“我等你。”

“呃……”她的目光犹如芒刺，这样子悍然不顾地瞅着我，随便哪个从旁走过，都会看出蹊跷来的呀。我全慌神了，可我不能答应她，不能。

"我摆好饭菜等你。你不来,我就不吃,尽等尽等。"她固执地说,那双眼睛脉脉含情地望着我。

堰塘对面,有人走过来了……我忙乱中点着脑壳说:"要得,我、我来。"

"那才像句话呀!"她欢乐地朗声说着,一把从我手中夺过那件棉毛衫说,"让我洗吧,看你那笨手笨脚的样儿。"继而又压低了声气说:"当真来啊,我点起红烛等你。"我朝着她点头。

天哪,我答应了她,当真会去吗?

四叔家的炉火烧得好大,足以驱散腊月的严寒。四叔家的年夜饭也备得丰盛,他杀了一口年猪,挑瘦肉炒了肉丁、肉丝,知道我是上海人,吃不惯辣椒,四叔家里的还特意把没放辣的小盘子搁在我面前,要我敞开肚皮尽情地吃。

我真吃得不少,喝了包谷烧酒,吃了饭,听到几家出外去揽工的院坝里放开了爆竹,我借口要去凑热闹,道谢告辞出来了。

外面真冷。天擦黑时下起的细雨,这会儿落得更繁密了。天上的云层很厚,风在寨路上发怒般吼啸着,忽噜噜响。尽管如此,深山幽谷之中的于家寨上,还是笼罩着一层喜气。这家那家的院坝里,不时响起震耳欲聋的爆竹声,逗得各家各户的狗,都"汪汪"地狂吠起来,有股热闹劲,虽然昏黄淡弱,不像城镇的电灯、日光灯那么亮堂,家家农户屋头,都还亮着一盏一盏油灯。

冷飕飕的风和飘飞的雨扎着我发烫的面颊,那几杯包谷烧酒,灌得我的心怦怦直跳。

一走到寨路上，一个问题就推到了我的面前：要不要去金珠家呢？

我的眼前晃悠悠地闪出一幅画面来，在搁板上跃动的油灯光影里，小方桌上端端正正放着几盘菜肴，金珠坐在板凳上，充满希望和期待地等着我，听到屋外传来脚步声，听到一阵一阵风声，都会引得她情不自禁仰起脸来仄身倾听……

我的心不忍了。我算个啥呢，值得一个女人那么真挚的爱。

"……你不来，我就不吃，尽等尽等。"她的话音在我耳边清亮地喧响着，如雷贯耳。

我摸着黑，踏着被细雨打湿了的青岗石寨路，朝着她家方向，一步一步走去。

远远地，看到她屋头窗户里亮起的灯光了，我的心又狂乱地跳起来。去吃顿饭、陪她坐一坐容易。可一进了她家屋，我还出得来吗！今晚上，不是又要重演一次那夜的情形嘛！哦，不，不能倒退回去，我不能陷进泥坑去害人又害己。

我在乌漆墨黑的寨路上停下来，任凭细雨扑打我的脸，任凭阵阵寒意不断地袭上身来。我只是透过迷蒙的雨雾，朝着金珠家眺望。天哪，只需几分钟，踅进她的屋头，我就能得到温暖，得到抚爱，得到那忘却一切的幸福。这个大年夜就会充实得多。有人情味得多，绝不至于孤单单地钻进冰冷的被窝里，忍受孤独寂寞的滋味，金珠是懂得缠绵的温情、懂得爱、懂得体贴的。我顾忌那么多干啥呢？不是她很需要我，我也很需要她吗，无论是精神上还是肉体上。要是没有那一夜的经历，事情也许会简单得多，正因为已经品尝了一次禁果,金珠此时的诱惑力就比任何时候都来得强烈了。

正在我欲进不能、欲退不甘的时候,一道雪亮的电筒光横扫过来,跟着响起一个炸雷样的嗓门:"是哪个? 唷,是你啊,小池,站在这里干啥? 找不到地方玩嘛,走走走,跟我走,今天是大年夜,开禁,看赌钱去。捎便也耍它一耍,走啊!"

一听就晓得是民兵连长于志文,于家寨上出了名的赌钱客。他不容分说抓住我的手臂,拉起就走。

这人的力气大,我脚步跟跄了一下,便随着他走动。转身的时候,金珠孤坐桌旁的形象在我眼前闪了一下,但已经由不得我了,我找不出推托的理由不去看赌钱玩。

说心里话,向开赌的人家走去时,我的心

里还有点感激于志文这络腮胡子大汉,他这一嚓一拽,把我从犹豫矛盾中扯了出来,促使我下定了同金珠斩断关系的决心。

热闹的、带有几分穷欢喜色彩的大年过去了。过了初五,查账小组得继续朝白岩寨跑,公社革委会主任下了条子来,白岩寨的结算分红,一定要在农闲的正月兑现。大队革委会要求我们在元宵节前把账目搞清楚。我们显得紧张、忙碌起来,从早到晚泡在白岩寨上,每天只在傍晚时回于家寨来睡一觉。我一个单身小伙,饭也搭便在白岩寨上吃。

这个正月里的天气特别窝囊,一直在飘毛雨,天色几乎没好好朗开过一整天。勤快的农民也好,懒散的农民也好,在这种天气里都只得守着疙火摆龙门阵。惟独我,同其他

78

各队抽出的几个记工员、会计，还在为白岩寨的账目忙个不停，还在挣一天十二个工分。

元宵节头前两天，我们把白岩寨的账理出了一个眉目，那天查账小组散得早，听取查账小组汇报的大队主任作完尽快兑现分红的指示，又用鼓励的语气对我说，看我的表现不错，大队决定推荐我去教书，四个大队联办的望云坡耕读小学，有个教师掺和进一桩生意案子，要理抹他。大队决定了，让我去接那人甩下的班。

这当然是好消息，比起天天下田土干活，天天抱一本工分簿挨家挨户核对工分，教师这活儿要轻巧得多，单纯得多，怪不得农民们喊教书的是"干轻巧活路"的。

散了会，暮色浓郁，我踏着稀湿沾脚的泥泞道，带几份踌躇满志地走回于家寨来。

是呵,一时得不到上调机会,在乡间教教书也好,总比捏泥巴坨坨、扛锄头强啊。

拐个弯,绕过废弃的砖瓦窑,就是于家寨了。

于家寨上飘散着袅袅的炊烟,雨雾重、风不大,炊烟飘散得特别迟滞。再走几步,踏上青岗石级道,路就好走了。

只顾着思忖,不提防路边大树后闪出一个人影,呆痴痴地站在我跟前。是金珠。我不觉吃了一惊。

大年三十晚上,被民兵连长拖到赌钱的场子上,那里灯火辉煌,好不热闹。不但去了好些男子汉小伙子,连一些年轻媳妇和姑娘也去了。得说句良心话,那场合与其说是赌钱,不如说是凑热闹、耍玩意儿。赌是赌了,下的注都很小,不准超过五分钱。

在那个场子里，我尽兴地玩了个通宵，输了九角钱，倒也心甘情愿。它把金珠对我的强大的吸引力全抵消了。

过节那天，我倒是真想见金珠一面，候机会给她作个解释。可惜，从那时到现在，我一直未曾见过她。忽然地，她在我面前出现了，兴师问罪地拦住了我的路，我咋不惊讶呢。

"金珠，是你……"

"你……我真没想到，"金珠愤愤地撅起嘴呵斥道，"是这么个薄情人！"

"呃……"我瞠目结舌，嘴巴里无词了。站在寨子边上，我能给她解释什么呢。暮色浓重，雾岚四起，隔不多远便模模糊糊，看不很分明，但寨子上的人，还是随时有可能在这里走过的呀，我茫然四顾，看到了废弃的砖瓦窑子。

"我们……去那里讲吧。"我朝砖瓦窑一指。

金珠瞥了窑门一眼，领头走过去。

砖瓦窑里比外头晦暗多了，从拱形的窑壁上散发着股潮味，窑坛上有几块碎砖粒瓦，有一捆散乱的发出股浓烈霉味的谷草。我把几块碎砖简单拢在一起，抓住一大把谷草铺上，就要坐下去。

金珠一把拦住了我："慢着。"她解下身上的围腰，展开铺在谷草上头。

我一坐下，她也随我坐了下来。

"大年三十晚上，从四叔家吃完饭出来，时辰就晏了。"我舔了舔嘴唇，开始作解释，尽可能说得合情合理，"刚出四叔家院坝，就让于志文扯住衣袖，去看闹热的赌钱场合。人好多唷，一去粘住了，就出不来……"

"啥出不来，脚生在你身上。"

"好些人缠住了不让走。"我极力申辩。

"你就只顾自己。就不想想人家等着你，一直等到黑更半夜，菜冷了热，热了又冷……"金珠的脑壳倚在我肩头，啜泣起来。

不行，这样解释是不行的，连我自己都觉得牵强，我得给她说实心话，不能蒙哄自己、蒙哄她了。

"金珠，你听我说。"拿定了主意，我反而镇定下来，说话声调也沉稳了。我把自己翻来覆去思索过的一切，全向她倒出来了。我说我没有权利爱她，因为我没有决心长期待在于家寨上，因为我没有劳力，养活不了她，也保护不了她。也因为她至今还是于习书的婆娘，我们如果还是偷偷摸摸的来往，那便是不道德的，那会害了她，风声一旦透到寨上于

83

家族人耳朵里,那些族中人不知会对她耍出啥可怕的手段来……

在我说这些话的时候,金珠倚在我肩头的脑壳移开了,她朝我探过脸来,是想借着窑孔射进的一片天光,窥视我脸上的神色吧。她聚精会神地盯着我,我的话音刚落,她的双臂就冲动地搂住了我的脖子:"我晓得你怕了。我不怕,我不像你想那么多。我只晓得我的心要我同你好,别的我啥都不管。我一个女子都不怕,你还怕个啥呢?对啵?"

"不止是个怕的问题,金珠。"想到我和金珠这样两个弱者,竟然要面对于家寨上那么强大的家族势力,竟然要把青春和命运全掷在这块贫瘠偏远的山野土地上,我不寒而栗,"我说的全是真情。讲真心话,我也爱你,爱得我的心常常发痛,可在我们之间,光有爱是

84

不够的。金珠。"

"这么说，你不能同我好下去了？"金珠尖锐地问。

"不能，金珠。"

"永远不能了吗？"

"永远……"

我的话未及说完，金珠将我重重一推，呼地一下站起身来，转身朝窑门外跑，一忽儿就跑没了影。

我颓然跌靠在潮湿的窑壁上，半晌没回过神来。只是默默地呆坐着，呆坐着，直坐到砖瓦窑里黑漆漆一片啥也看不清，我也没想到回去。

难熬的多雾多雨的烂冬终于过去了。

春天来了，转瞬到了打田栽秧的大忙

季节。

　　我已经逐渐地适应了山村教师的生活，天天清晨赶六里山路，到望云坡小学校去教书，在那里搭一顿饭吃，下午五点钟，随着放学回家的于家寨学生，一道回寨子来。

　　站在黑板前头讲课，确实要比挑粪打田、栽秧铲田埂轻闲多了。我天天都按时到校，把学校里的事情料理完毕才离校。教书不过两个月，四个大队都传出了对我的称道和赞扬。我也干得更来劲了。

　　这是一个大雨后的清晨。年年春天总有那么些日子，晚上下大雨，白天放晴。拿寨上人的话来说，这是老天爷特意照顾庄稼人，晓得庄稼人要抢白天时间干活，而田土又饥渴地盼着雨水。

　　对这种气候熟悉了的于家寨人，往往会

在清晨贪睡一会儿，待太阳钻出云层，晒去山路上的一些水汽，才出工干活。

我偷不得懒，还得踏着滑溜溜的山路，按时到望云坡小学校去。

走了两个月，路是熟悉的了。出了寨子拐个弯，顺一条小道弯弯拐拐地走上半把里，便开始爬茅狗垭。茅狗垭从未见过狗，倒是长满了乱蓬蓬足有人那么高的茅草，把一条半尺宽的羊肠小道遮得看不分明。垭口两旁的半山坡上，各竖一根电线杆子，听说这电是从变电站输往公社所在地的羊子坝上去的。

一开始爬坡，茅草上的雨水就打湿了我的半截裤腿，这不碍事，到了小学校，烧堆火烤一烤就干了。烦人的是长长的草尖尖，直往我脸上、眼角撩来，撩得我时时都得留神用手去把草茎拨开。

还没走拢垭口，我陡地听到一声凄厉的嘶喊声，我转动身子，正要循声寻找嘶喊声从哪里传来，只觉得脊梁上火灼一般地剧痛，瞬间这剧痛又袭遍了全身。随即，我就啥都不晓得了。

住在县城的医院里，我就晓得了事情的缘由，知道是哪个冒险救了我。出院后回到于家寨上，躺在知青点床上休养，来看我的四叔说："说起，这回你的那条命，硬是金珠冒死抢回来的。你想嘛，事情就有那么巧，你被电打倒了，她正在茅狗垭上割草。一夜的风雨，把垭口两边的电线吹落在草丛丛里。你踩在电线上，被电打倒在地，金珠冲下坡来，三下两下用镰刀把挑开了电线，背起你就往寨上跑，边跑边尖声拉气地惨叫着，那叫声把满寨都惊起了，总算那赤脚医生去县医院学过几个月,用个枕头套样的玩意儿给你输气,把你救活了。没有金珠,你上海的爹妈这辈子看不到你啰。你真该好好答谢金珠这婆娘……"

金珠,偏偏是金珠救了我。这是不是命呢,连我这个知识青年都相信迷信了。

身体还很虚弱地躺在床上时,我就想好了,等到能走动时,我要好好地去答谢一下金珠。只是,只是她晓得我回到了于家寨,为啥又不来看我呢?

整天整夜地躺在床上,我开始想她了,想得我好苦,她也不曾来。倒是于家寨上的乡亲和我的那些学生,天天都往我屋头跑。

十来天之后,我好利落了。头不昏了,脚底板上有了力量,走起路来也踩得稳实了。

拿起镜子来一照,连我自家也吓了一跳,

镜子里这人是我吗？脸上瘦了一圈，面颊上的颧骨凸显着，一双眼睛也仿佛变大了，脸色苍白苍白的。

我想到要干的头一件事情，是去向金珠道谢。还在县医院住院时，我给上海家里去了信，报告了触电受伤的经过，顺便捎带了一句，我的这条命，是个农村妇女救的。家里倒想得周到，除却寄来了五十块钱，还让回上海去探亲的同寨知青，给我带来了好些罐头，有午餐肉、有瓶装水果，还有麦乳精和凤尾鱼，同时捎来一件细毛线织的挑花绒线衫，指明是让我送给救了我命的农村妇女的。

去向金珠道谢时，我就带上了这件毛衣，还挑了几瓶罐头。

白天去，怕让人看见，怕那些多嘴多舌的婆娘嚼舌打趣；况且，她又要干活，忙了园子土的,还要忙出工,去了也不一定碰上。我是在一个春月清朗的夜间去的。

天色不算晚,她正在那间窄长窄长的灶屋里,伴着一盏孤灯吃晚饭,吃得很慢,却又很专注。她没听到我故意放得很轻很轻的脚步,也没觉察我站在那扇低矮的半开的小门外。

我看得清楚,她桌上只有一碗水煮菜,一碟辣椒水。她天天都是这么清苦、寂寞地过日子吧。我的心头涌起一股酸辛,想到她的孤独,想到她对我的爱,我的眼里涌起了泪,直想掉下来。

是我不知不觉变粗了的喘息声惊了她吧,她骇然惊问了一声:

"哪个?"

"我。"我答着,低头走进小门里去。

她猛地转过脸来了，眼睛瞪得老大，极力想借着油灯的光看清我的脸。我一步一步朝她走近，她脸上的惊骇消失了，变得十分冷漠，声气也是冷冰冰的："你来干啥？"

"来……来向你道谢。"

"有啥子可谢的？"

"你救了我，金珠。"

"不是啥稀罕事。哪个碰到这种事，都会救你。"她三下两下扒完饭，利索地收拾着桌面，转过身去。

"不是碰上的，金珠，"我放大了一点声音，"满寨的人都说你是碰上的，凑巧了，惟独我晓得，你不是凑巧碰上的……"

"这倒稀奇了，不是碰上的，莫非我算准了你会踩到电线？"

"金珠，你晓得我去望云坡小学校，天天

要从那里过……"

"亏你说得出口。原来你是晓得的啊！足见你是个薄情人，足见你是个铁石心肠，"金珠抱怨的声气忽然低弱下去，抽泣起来，"足见你、你……"

我一下子手足无措了，她哭的声音不大，可是听得出，她哭得真伤心。愣怔了片刻，我朝她走过去，把带来的装罐头、毛衣的提包放在桌上，冲动地抱住了她的双肩："金珠，我……我向你道歉，向你赔罪。我、我太自私，我只……只想到自己，金珠……"

我说不下去了，和她那么近地相挨着，我忘记了小门还敞着，忘记了油灯的光焰在晃悠晃悠闪动着，我悍然不顾地捧起了她的脸，猛地吻了一下她的嘴角，她惶悚地避让着，挣扎着，我又吻了一下她的额头，吻了一下她那睁得大大的眼睛。

她"哇"地一声，放开嗓门哭了起来。

慌得我连忙伸手去捂她的嘴，她把我的手一推，脑壳倏地埋在我的怀里，哭了起来。

这时候，我才慢慢地意识到，我以往拒绝她的举止，给她的心灵造成了多大的伤害。我追悔莫及地搀扶着她，默默在坐倒在一条板凳上。

灶台上的大锅里，正煮着的猪潲开了，"扑嘟嘟"地发响。灶屋里弥漫着一股浓烈的青苦味。

她的哭声渐低渐弱，我伸出巴掌，胡乱朝她眼角抹去："金珠，莫哭了。都怪我，你……求你莫哭了……"

"憨娃儿!"她忽然嗔斥起我来。

"呃……"

"哭是我最后的法宝了。哭一哭，我的心会好受些。"

　　我的心上像被啥戳了一下，一阵凄然的寒气直向我心底扑来。真想不到，这乡旮旯里的女人，会有这么强烈的感情。而我，我把她情深似海的一片真心，只当成了……我惶然地抚着她的肩，愧疚得无地自容。

　　她仰起脑壳，把我的脸扳向了油灯光，两眼贪婪地瞅着我，微显蓬乱的鬓发使得她的脸更显妩媚。继而，她那只让锄把磨出一层茧花的手抚摸一下我的脸颊，凄声道："你瘦了，瘦得我心疼……"

　　我的心又是一震，我对她的爱，有这么深沉吗？我又向她俯过脸去，耸起了嘴，她轻轻推我："慢着。去把门关上。"

　　我顺从地走过去，拉上了门，还重重地合

上门闩。重又向她走去时，我想到了家里捎来的毛线衣。

当那件雪青色的绣着醒目的几朵腊梅花的毛衣在油灯光下抖开时，她欢欣地笑了，把毛衣贴在隆起的胸前比试着，对我说："这么说，你把我跟你家里讲了！天哪，我活这二十几年，没穿过这么好的毛线衣……"

我让她站在屋当中，硬要她穿上试试，合不合身。她起先不愿意，看我执意要求，拗不过，还是穿上了。哎呀，这毛衣穿在她身上，小了一点，紧绷绷的，胸脯鼓鼓地凸出来，好显眼唷！

"走啊，走几步我看看。"

她忸怩地来回走了一趟，讪笑道："看你这对眼睛呀，鼓那么大看人……"

"我喜欢看。"我拉住了她的手。

“有啥好看的。”她羞涩地朝着油灯转过脸去。

“你好看极了，穿着整齐些，你比城里女子还好看！”

她如醉似喜地瞥了我一眼，撅起嘴，“噗”一声吹熄了油灯：“不让你看！”

我张开了双臂，把金珠紧紧地搂在了怀里。她凑在我耳边悄声问：“还像以往那样，只来道谢我这一次吗？”

“不。我要常常来……”

“哄人。”金珠牢牢地抱紧了我，语气里满是担忧地说。

“不哄你，金珠。我要常常来伴你……”

“再说一遍！”

“金珠，我要常常来看你。”

“池……小池，我是你的，你……也是我

的,是吗,是我的吗?"

"是的,金珠,现在我还有什么呢,我的命是你救的。我的一切都是你的。"

我们紧紧地拥抱着,醉了似的亲吻着。

灶屋里唯有灶孔那边闪出点点火光。煮沸了的猪潲"嘟嘟嘟"直扑腾,青苦的潲味里,弥散着微甜微甜的气息。

夜,静谧深长的夜,幸福而狂喜的夜……

说真的,我绝对没有想到,触电受伤这一场祸事,会这么快地给我带来福音。也许,人对受到伤害的远方知青,还是有点恻隐之心的吧。地区农校招生的时候,县知青办的同志,首先想到的便是我。

初听到这消息,我还将信将疑。直到发下正式的铅印表格来,让我逐项填写,我才晓得这是真的。

晓得即将离开于家寨了，我的心不知是个啥滋味，是为总算要脱离这无依无靠的生活而欣慰，是为要同金珠别离而生出无限的怅惘。为了填补心头的惶悚，我一得闲空和机会，就悄悄地踅到金珠家里去。金珠比我还要缠绵，还要忍受不了即将来临的别离。她常常久久地睁着一双泪汪汪的眼睛凝视着我，不说话，连喘气也是轻轻的，柔柔的。每当我要离开她的屋子时，她总像抓人似的紧紧抱着我，不让我挪动脚步。但我又不得不走，集体户里的几个男女知青探亲回寨之后，我必须天天回去睡觉。幸好他们谁都没起疑心，总以为我确实像对他们说的那样，去其他几个寨子替学生娃娃补习功课了。

不过，尽管金珠对我恋恋不舍，但听说我

是去读书，读完书有工作，她还是极力怂恿我去。于家寨上的生活实在是太清贫、太难得打发了。

单纯的金珠，她好像一点都没想到，随着我们之间的命运变化，我们偷偷摸摸的病态的爱情是可能夭折的呵。

事情发生在我到县医院去体检回来的那天傍晚。

体检是合格的，归途上也顺利，我搭到了一辆运水泥的翻斗车，只走了不多的一截山路。快拢寨子的时候，夏日的太阳还没落坡。金色的余晖把于家寨上的树木、屋脊和山墙都涂抹上了一层柔柔的橙色，堰塘水清得发绿，有几家茅屋顶上，飘散着一缕缕淡蓝色的炊烟。

刚踏进寨子的青岗石级道，我就觉察到

气氛不对头。在一片喧哗嚣杂的吼叫声里，无数人杂沓的脚步响得骇人，还没待我辨清这声音来自何方，呼噜噜，从后街上涌出了一大帮大人娃崽，推推搡搡地簇拥着一个被五花大绑的女人，扯直了喉咙的怒喝一声比一声响："杀了她，这烂婆娘！"

"败坏于家寨的风气，让她跪在满寨男女跟前！"

"偷野男人，肚子偷大了，她还敢在我们面前走路哩！"

"舀大粪来泼她。她喜欢臭，让她臭个够！"

⋯⋯⋯⋯⋯⋯

我瞪直了双眼，两脚一步也走不动了。被拉扯推拥着的女人，正是金珠。她勾垂着脑壳，一头乌发全披散开了。娃崽们捡起石子泥巴砸她，气疯了的婆娘们脱下鞋子打她，使劲地擤出鼻涕来涂抹在她身上，还朝着她吐口水。

"轰"一声，我的脑壳里炸了，小腿肚瑟瑟直抖，一点力气也没有。寨上的树木、屋脊、寨外的岭巅、山峰，顷刻间都像在往我身上倒过来。

于家寨上发了狂的寨邻们，将金珠押到一棵柳树跟前，把她牢牢实实地捆绑在柳树干上。手脚麻利的于家族人，已经舀来了满满一粪瓢粪水，臭气往四下里弥散着，不少年轻姑娘退避到一边去了。

"莫走散啊，莫走开！"生产队实物保管于志光扬起两只巴掌晃动着，他那张黄蜡蜡的、下巴尖尖的脸在人堆里时隐时现，滴溜溜转得极快的眼里闪烁着幸灾乐祸的神情。在他的招呼下,嘈杂的声浪果然逐渐平息。他的脸向着金珠转过去了:"说,烂母狗,当着满寨老少你说,你偷的野汉是哪个?"

"说出来,打断这野汉子的腿。"平时对我很好的四叔,鼓着一对血红的眼珠,跺脚吼着。

一阵寒噤在我身上发作了,我的心提了起来。

"不说,打下她的身孕来!"

"丢她进粪坑里去。"

"拿条条抽,抽烂她下头那个地方。"

⋯⋯⋯⋯⋯

在众人七嘴八舌的怒斥声里,金珠的脑壳抖了抖,仰起了一张惨白的俏丽的脸,她的脸上是一道道污痕、血迹和青紫,一双大大的眼睛像落进了眼窝深处。她茫然地瞅着围满在身前的寨邻，干燥的带着丝丝血痕的嘴唇翕动了一下，就在她一昂首的当儿，她的目光和我的相遇了，她的眼里有道光一闪，倏地一下又熄灭了。

我的心擂鼓般骤跳起来。仿佛有团火烧灼着我，焦虑、担忧、羞耻伴和着恐惧，把我包裹起来了。我若是个真正的男子汉，这时候，就该站起来，大胆承认金珠肚里的娃娃是我的，有什么麻烦，与她无关，该找我，由我承担一切后果。可是我不能、我不敢，承认下来了，我怕会被寨上的乱拳乱棍打伤打死，我怕自己的前程彻底断送，我怕，我怕……哦，我真无耻！真没有骨气！我……

"不要你们管，我的事，你们管不着！"陡地，金珠的声气响起来了，尖脆中带点儿嘶哑，带着她的固执，"要管，你们把在外头裹上了婆娘的于习书管起来，是他先败坏风气的……"

"撕烂她的嘴，这烂婆娘！"随着一声暴跳如雷的吼叫，围住了柳树的人愤怒地扑了上去，众人讨伐般吼出的声浪把一切都吞没了。

我不忍目睹这悲惨的一幕，像个胆小鬼似的溜回知青点去了。

她终究没把我供出来。

我也没一点勇气去承认自己犯下的过失。

几天以后，农校的通知发下来，我草草整毕该理的东西，向几户要好的农民道了别，和还留在集体户的知青们聚了顿餐，该做的事情，似乎全都做了。

第二天一早，马车装上我简单的行李，我就将永远永远地离开于家寨了。照理，我该早点儿歇息，可为啥我总觉得心头空落落、悬乎乎的，像欠着点什么呢。为啥我会在临别前夕，撇下众人，偷偷走上通向金珠屋头去的小路呢。

我是绕了个大圈子后，才向她家走去的。

她住的屋子黑幽幽的，没丁点儿光亮。受凌辱以后，她几天都没在山寨上露面。只听人说，她被打得遍体鳞伤，下不了床了。又有人讲，她的腿脚被打断了，走不得路了。

这些传闻愈加激起了我临别前见她一面的欲望。

这是个没有月亮、没有星光的夜晚。我不敢带电筒，全凭着走过多回的经验，一步一步趑近她家。

窄长窄长的灶屋那扇矮小的门，牢牢地抵着。我侧转身子，警觉地窥视着四周，轻轻叩着门板。

屋里屋外都静寂无声。金珠躺在床上，是听不到这边的敲门声的。

我只好猫着腰，借着葵花盘、包谷叶的掩护，翻过半人高的石坝墙，悄悄来到她卧室的窗户外面。

嘴凑着窗缝，我压低了嗓音叫："金珠、金珠。"

是叫的声音太低，还是她没听出我的声气来。总之，四周还是寂寥一片，屋里一点儿动静也没有。等待的这几分钟，真有几年那么长。

我硬着头皮，又轻轻喊了两声，还在窗玻璃上大着胆子敲了几下。

"哪个？"屋里终于传出金珠微弱的声气。

"是我啊，金珠，我。"我抑制不住惊慌和

激动地放大了点声音。

金珠的嗓音贴着窗传出来："你等等，我……我去替你开门。"

灶屋那扇低矮的小门打开后旋即又关上，我跌跌撞撞地趔进了屋头，好像把金珠重重地撞了一下。

我们俩都还没站稳，就紧紧地搂抱在一起，泪脸贴着泪脸，无声地啜泣开了。

这是一个沉默的、生离死别的夜晚。金珠躺在床上，我跪在她的床边；她俯身向着我，我仰脸对着她。我找不到任何话来安慰她，只把我身上仅有的五十块钱，趁她不留神时，塞在她的枕头下边。记不清我们淌了多少眼泪，除了告诉她，我明天就要离开之外，我在她耳边说的唯一的话，便是我的忏悔和自责："我无耻，呵，金珠，我真自私，我对不起你，我让一切苦果由你来尝，我……"

金珠把我的脑壳扳近她的胸脯，要我的脸颊贴着她的心房。她的手伸进我的发丛，贴着发根抚摸着我，听够我呢喃般的忏悔，她双手捧起我的脸，柔声说："你是该离开于家寨。我巴望你过上好一点的日子！我不怨你，一切都是我自家找来的，不怨你。你来看我，像现在这样，我就更不怨了……"

说完，她一把将我抱在怀里。我能听得到她胸怀里的心跳声，感受得到她对我的深沉的爱和温情。

我们就这样厮守在一起。夜，静而安宁，没有点灯的屋子，更是黑成一团。风轻拂着窗外的包谷叶子，簌簌地响着。哦，金珠遭到这么大的侮辱和伤害，一点也没责备的意思，相反还对我爱得如此赤诚，如此真挚，深深地震撼着我的心。要是我不是个即将去读书的知青,要是我稍稍有点经济能力,我真愿意带着她离开这个可诅咒的于家寨。可我……

金珠的身子陡地颤抖了一下,我连忙仰起头来:"怎么啦? 哪里痛?"

"不。你听……"金珠惊慌地说。

我惊愕地坐直身子,凝神细听着。

除却风声,啥声音也没有。我正要说话,金珠像已料到一般,伸手掩住了我的嘴。果然,声音响起来了,似有什么东西撩着窗户,又好像楼笆竹上有耗子在啃咬啥东西,跟着,轻微的脚步声也听得见了。

我慌得手足无措,不能自已,心狂跳不已。

金珠利索地下了床,一扯我的衣袖,在我耳边道:"不好,他们把房子围住了。"

我的心惊得要从嘴里跳出来。

外面的说话声也听得见了："砸门冲进去。"

"慌啥，还是先敲门，进去慢慢搜！"

…………

"跟我来。"金珠拉住我的手，走出了卧室，而后在墙角抓起了一把柴刀，递到我手上，引我到一架木梯旁，凑着我耳朵说："你快上楼爸，走到山墙挡风的篾帘那头，砍断篾索，那外头就是猪圈上堆柴的木楼。到了木楼上，你就往外跳，跳出去就是后山的林子。"

"那你呢？"

"门那头我来应付。"

"不，金珠……"

"快，池……小池，快走！他们抓住你，会把你打死的。快呀！"她的脸朝我贴了一下，双手推着我上楼梯。

我忙慌慌地爬上楼梯,朝侧边山墙那头摸索着走去。我能听到金珠移开了楼梯,继而又听到了敲门声:"咚咚咚,咚咚!"

这哪里是敲门,简直是在砸门!我摸索到了篾帘子,比试了一下,挥起柴刀,朝篾帘子狠狠砍去。

"是哪个?"我听到金珠拉长了声气在答应敲门声了。

门还在"砰砰嘭嘭"乱敲着,一个粗嗓门吼着:"有急事,快开门!"

"等着,我穿好衣服来开门。"又是金珠的答应声,她在替我拖时间哪。

我疯了似的连连朝篾帘砍去,总算砍出条逃路来了。我悍然不顾地钻了出去。同时,"哐啷"一声,金珠家的门也被撞开了:"有野男人吗?"

"搜,快搜!"

"一间一间屋下细地看!"

…………

几个人在胡乱嚷嚷。

我站在柴楼上,刚一朝外探脑壳,一支电筒光朝柴楼上射来。我忙蹲下身,躲过电筒光。电筒光乱晃一阵,借着它的光影,我辨清了方向,慢慢移到柴楼的圆柱边,不料,正要往下跳,脚底踩着一小捆散开的柴棍,"骨碌骨碌"发出了一片噪音。

"哪个?"有人厉声喝问着,紧接着,两道电筒光交叉射来!"来人哪,柴楼上有声音。"

再不跳就脱不了身了。我悍然不顾地跃身跳出了柴楼,脚跟没站稳,就往后山林子里跑。

"不好啦,柴楼上有人!"

"野汉子逃跑了,快追啊!"

"往后山上追!"

"先把这婊子婆娘放一放,追野男人要紧!"

············

我的身后传来声声狼嗥样的嚎叫,跟着,脚底板踩着山野重重的声音响了起来,好些电筒光乱晃乱摇着,有人在嘶喊,有人在怒骂,有人在诅咒,一帮人齐向山上涌来。

可这时,我已经跑进了后山密密的树林。

听着池冶民的叙述,不知不觉之间,我把啥都忘记了。

炭火呛人的烟雾弥漫了一屋子,堵着我们的喉咙,我似乎觉得,讲话都有些困难。

"你歇一歇,我去夹点炭来。"

新添了炭,快熄灭了的幽光微闪微闪,便渐渐亮堂起来,我又使劲吹了吹,火接上了。

池冶民搓了搓双手,将就炭火点燃一支烟,喝了两口茶,用他那低沉并带点粗哑的嗓音接着说,这以后的事情,说起来就简单了。我逃进后山树林,没被抓住,第二天就离开了于家寨。撵马车替我送行李的四叔告诉我,没抓到野汉子,以于志光为首的那帮抓奸客气疯了,他们硬是把金珠吊起来拷打,直打得金珠满身淌血、怀着的娃娃小产才歇手。要不是那殷红殷红的血吓住了他们,他们不知要把金珠折磨到什么程度。

我呢,怀着创伤,怀着屈辱进了农校,读过两年书,就分在州林业局里混日子。那些年里,我也想金珠,想得厉害,有几次,甚至都买好了客车票,要回于家寨去看她,但我想到于家寨于姓族人的观念,想到金珠在他们眼里的地位,我又丧失了勇气。过去,我在于家寨还有集体户那个烂草房可以栖身,现在回去,知青们走光了,烂草房坍塌了,我住哪儿去?即使能在相好的农民伙伴家住下,我一个回寨去的客人,众目睽睽的,怎么去同金珠见面?那不反而把事情全惹出来了嘛。我就这样苟且偷安地混着没有感情、没有波澜的太平日子。现在回想起来,我做的唯一对的事情,就是在那几年里,由于对金珠的思念,由于感受过金珠如火如荼的爱,我没同其他女人沾上。

这以后,便是我一开头同你讲的,雨夜里发生的事情了。

你想嘛!金珠找上门来了,连车票也买

好了,更主要的是我们有过那么一段永世也难忘的感情,我能不跟着她跑雁河场一趟嘛。

令人心奇的是,一路上我同她并肩坐客车来雁河场时,她一句话也不说,关于她在于家寨的生活,关于她同于习书的关系,关于她的近况,她都不说。我小声地、焦急地问她,她只把脸转向车窗外头,一声不吭。

奇迹在雁河场上等着我。

下了客车,她把我带到场街的十字路口,领我走进了一家捎卖面食的饭馆。进门前,我还惊奇地发现,这饭馆叫金珠饭店,竟然同她的名字一模一样。我炫耀地把这发现告诉她,以此来证明我的目光灵敏。却不料她毫不在意,轻描淡写地说:"是啊,这饭馆是我开的。"

乍一听见这话,我吓了一跳。直到看见

饭馆里几个服务员主动同她打招呼，喊她吴经理，我才有点信了。

她把我领进饭馆后面一间小屋，相对坐下，将根根由由告诉了我。农村责任制推行开的那年，她那背着瞒产私分"四不清"干部罪名下台的爹平反了，寨上乡亲念他饿饭那年救了大伙的命，都愿帮他一把。恰巧他们寨子做的豆腐在雁河场上占领了市场，长期置下了两个铺面，寨上人推她爹出来统管这两家铺子，他爹谢绝了寨邻乡亲们的好意，只求大伙替他出个头，救一救他那嫁出去后又被人遗弃的女儿金珠。寨邻乡亲们都说应该，金珠的婚姻，本来就是她爹遭迫害带来的。于是乎，寨上人出面了，组织出面了，找于家寨，找于习书，早已同外方婆娘同居多年生下三个娃娃的于习书，事实上犯了重婚罪。

金珠同他的离婚事宜,顺顺当当办妥了。她又回到了娘家,并且认认真真地表示,她愿承包雁河场上的两家铺子。

她找到我的时候,两家铺子已承包了半年多。她把一家铺子照旧卖寨上出产的豆腐,另一家铺子改成了饭馆。

我想不用说她找我的意图了。她起先啥也不讲,只让我回来,让我先瞅一瞅生意兴隆的饭馆,让我晓得,她不仅能自己养活自己,还能养活我。她要我到雁河场上来,替她当掌柜的。她说了,她这饭馆里,太需要一个男人了,她喜欢的男人。

我仍得说实话,起先我是犹豫的,放着清清闲闲的工作不干,却去干侍候人的活儿,还得撇下铁饭碗,我心里不愿意。不过,我又舍不得她,她是个多好的女人哪!不是相貌好,而是心地好。同前些年相比,她的相貌当然要老成多了,眼角有了细细的皱纹,像我们这些人一样,毕竟过了那么多年压抑的生活,她受了不少罪啊!可在我眼里,她比过去更吸引着我,是她的外貌,更是她的心。我取了个折衷方案,回地区后,给林业局打了份报告,主动要求到雁河场区林站工作。这个你晓得,从州政府要求下到县下面的区里工作,比啥都顺当。金珠没怨我不愿扔下工作,她反而说我这办法好。工作调成后两个月,我们就结婚了。雁河场上的人说我们太草率、太荒唐,才相识两三个月就结婚。他们哪晓得我们曾经经历过的那么多往事呀。

结婚那天,由我提议,把金珠饭店改成了梅松饭店。为啥这么改,我给金珠说,冰天雪地里盛开的腊梅花象征着我们以往经受过考验的爱情;万年长青的松柏象征着我们未来的爱情。

婚后一年,我们生了个漂亮的女儿。我呢,也留职停薪了。理由很简单,金珠要休息、要照顾娃娃,而饭店呢,丢不下。饭店的生意兴旺极了啊。

关于梅松饭店,关于我那个宝贝女儿,关于我的妻子吴金珠,我不想多讲了。我相信,你明天都会亲眼看到的。

这就扯到我拜访你的目的上来了,其一,我是想请你去我家做客,看看扩修一新,颇可以同省城一些酒家媲美的梅松饭店。"你能去吗?看,雪还下得很大,明天你走不了,你一定会去的,是吗?"

我笑了,点点头。别说走不了,就是马上雪住天晴,听了他的经历,我明天也一定要去看看他引以为自豪的饭店,看看他那可敬可爱的妻子和小宝宝。

"啊,你答应了,真令人高兴。"池冶民兴奋地把烟蒂扔进炭盆,说,"第二个要求,如果你还觉得我好些经历,有点点意思,我贸然地希望,你能把它写下来,不是写我,我这个角色是不光彩的,平庸的,甚至是可耻的。是请你写写吴金珠。你能写吗?写下来还有点意思吗?会不会让读者厌烦?你、你能答应我吗?"

面对他率直的、急迫的要求,我该怎么回答呢。真有点为难。

我站起身来,在客房里踱着步子,他的目光追随着我,一刻也不放松。

雪越下越大了。雪花随风扑腾着窗玻璃,发出低微的"嘭嘭"声。客房里的炭火呛得我喉咙里痒痒的,我走近窗户,轻轻把窗打开。

霎时，一阵清冷的空气伴着几朵雪花扑进了客房，送进了一股沁人肺腑的清新气息，寒冽冽的，真舒服。

"你说，能不能写呢？是不是你觉得写下来不会有意思？"

池冶民也站起身来，走近我，再次询问着。写下来，可能会有人说，这故事能说明啥呢？它给我们什么教益和启示呢？如果文学的功能仅止于此，那么这故事可以放弃不写。可是，面对池冶民急切期待的目光，我决不能这么回答他。我转过身来，严肃地对他说："是的，我要写。"

于是我便把它写在这里。